François Simiand

Un système d'économie politique pure

Table des matières

Un système d'économie politique pure

François Simiand

M. Ch. Andler, dans l'introduction qu'il a mise au dernier livre de M. Otto Effertz, et M. Adolphe Landry en divers articles écrits à l'occasion de son apparition, ont eu raison de proclamer que cet auteur était méconnu et que l'inattention ou l'indifférence du public scientifique pour sa doctrine étaient imméritées [1]. Cette doctrine est, en effet, un des efforts les plus originaux qui aient été faits dans cet ordre de spéculation depuis les doctrines classées et connues qui, bien que déjà entrées dans l'histoire, se partagent encore la direction de la plupart des esprits. Mais est-ce à dire qu'elle donne, ainsi que le disent volontiers ses introducteurs auprès du publie français, une orientation génialement neuve et féconde à la science économique ? Nous devons dire nettement que nous ne le pensons pas. L'économie de M. Effertz est bien moins opposée et même bien moins supérieure qu'il ne le croit et ne le dit, soit à l'économie qu'il appelle bourgeoise, soit à l'économie

---

[1] Extrait de l'étude présentée dans *l'Année sociologique*, t. X (1905-1906), *1907*, sur l'ouvrage : Otto Effertz, *Les antagonismes économiques*, Paris, *1906*. Pour l'analyse de l'ouvrage, et pour la discussion des thèses très originales propres à cet auteur, nous renvoyons à ce volume de *l'Année ;* nous n'avons repris ici que la discussion des positions générales qui, au degré près, lui sont communes avec les représentants les plus qualifiés de cette méthode.

socialiste antérieure, spécialement marxiste. Elle procède de la même direction d'étude, elle repose sur les mêmes postulats ; et bien loin que cette direction d'étude nous apparaisse comme la voie véritable, et ces postulats comme la base définitive de la science économique future, nous considérons que la discipline économique ne sera science qu'à la condition de prendre une tout autre voie, et de se fonder sur une toute autre base ; et si l'œuvre de M. E. se distingue de ces œuvres antérieures, c'est peut-être par un effort de systématisation abstraite intrépide, qui exagère et rend encore plus nets les vices, à notre avis radicaux, de tous les travaux de cette espèce, et par le manque, plus grand qu'ailleurs, de cette somme de matière positive qui se trouve être mise dans beaucoup de travaux, peut-être illogiquement en rigueur, mais par une nécessité de fait confusément sentie, et qui arrive ainsi à en masquer ou en atténuer l'idéologie fondamentale...

- I -

Économie politique pure
et économie politique appliquée

"Le système d'Effertz, écrit M. Andler, est d'abord l'effort le plus vigoureux qui ait été tenté pour constituer une "économie politique pure" [2]. Or, si nous regardons au problème essentiel qui est posé et suivi à travers toute l'œuvre de M. E. et qui commande toutes les théories spéciales qui y sont présentées, il ne paraît pas douteux que ce problème ne soit le problème de "l'optimum de l'économie" ("Le dernier problème de l'économique qui consiste à déterminer et à réaliser l'optimum de l'économie ou l'intérêt économique..." [3]. Qu'est-ce à dire ? Est-ce que le problème de l'optique pure est de déterminer et de réaliser la combinaison de lentilles qui donne la meilleure

---

[2] Ch. Andler, *Introduction à 0. Effertz, Le antagonismes économiques, p. IV.*
[3] *0. Effertz, op. cit., p. 34.*

lunette ? Si l'expression de physiologie pure était usitée, appellerait-on problème de physiologie pure la recherche de la meilleure diète ? Est-ce un problème de mécanique pure que de déterminer les conditions d'une machine à vapeur parfaite ? Il y a là une impropriété de termes initiale, et ce n'est pas une chicane de mots que de la relever tout d'abord, car elle est grosse de conséquences.

a) En effet, d'une part, il ne viendrait à l'idée de personne que, de la science pure et de la science appliquée qui se correspondent, c'est par la science appliquée que l'étude doive commencer, si du moins elle veut être autre chose qu'empirisme. (Il peut y avoir un empirisme apriorique, qui n'en sera pas moins un empirisme). Avant donc une économie appliquée, même abstraite, qui traite le problème de l'économie optima, nous demanderons, même dans l'hypothèse où cette méthode dite abstraite serait la bonne, une économie pure proprement dite, qui traite le problème de l'économie, tout court, c'est-à-dire qui fasse la théorie des phénomènes économiques pris objectivement en eux-mêmes et d'un point de vue causal, et non pas en considération d'un certain but à réaliser et d'un point de vue téléologique.

b) D'autre part, dès qu'on s'est aperçu qu'un problème ainsi posé est un problème de science appliquée, on découvre sans peine que, bien loin d'être le problème dernier ou le problème unique de l'économie, même comme science appliquée, il n'est qu'un des multiples problèmes qui peuvent être proposés à cette science appliquée, et qui sont eux aussi nombreux que les fins qui peuvent être attribuées ou conçues à l'activité économique de l'homme. M. E. cherche tout le long de son livre, soit pour l'individu, soit pour la société, les conditions d'une différence maxima entre la satisfaction des besoins par la consommation des biens et le travail nécessaire à la production de ces biens : mais pourquoi l'économie appliquée n'aurait-elle pas aussi bien à chercher les conditions d'une différence minima ? [4]. C'est la position du problème qui conviendrait à un

---

[4] M. E, il est vrai, qualifié quelque part dl "être absurde" un homme qui entendrait ainsi son intérêt : mais de quel droit ? - L'étude de l'intérêt économique de la société, telle que la fait M. Effertz, implique encore un autre postulat finaliste, qui se trahit aussi dans une incidente de l'introduction : "L'intérêt économique est *évidemment* d'assurer au plus grand nombre de consommateurs le maximum de biens consommables avec le maximum de loisirs" (P. VI). L'intérêt économique de la société, tel qu'il est défini par M. E., revient à ce que la différence entre la satisfaction et la peine soit *moyennement* par individu de cette société, la plus forte possible : mais c'est une question de savoir si l'on obtiendra cette *moyenne plus* forte en assurant une satisfaction maxima, en consommation et loisir, à un certain nombre d'individus, et seulement une satisfaction limitée à tous les autres, ou bien en assurant au plus grand nombre possible d'individus la plus grande satisfaction possible, mais limitée pour tous. Une formule telle que la précédente, donc, ou bien est équivoque ou bien n'est nullement évidente. M. E., bien qu'il dise en un endroit notamment *(p. 300)*, ne pas poser comme un idéal l'hypothèse d'une société à distribution égale, en

ascète ou à une société d'ascètes. - Pourquoi n'aurait-elle pas à se poser de tous autres problèmes que ceux du maximum ou du minimum de cette différence, par exemple, le problème des conditions d'un abaissement proportionnel, ou d'une élévation proportionnelle des deux éléments satisfaction et peine à la fois ? Pourquoi encore n'aurait-elle pas à considérer d'autres termes que la satisfaction des besoins et le travail de production ? L'optique appliquée, en tant qu'optique, n'a pas de raison de chercher des lunettes qui ne déforment pas, plutôt que des lunettes qui déforment. La physiologie appliquée, en tant que physiologie, étudiera indifféremment les moyens de produire la mort ou les moyens de l'éviter. A tout prendre, et même comme problème de science appliquée, le problème que M. E., ainsi que d'autres théoriciens avant et depuis lui, a voulu traiter est donc choisi entre d'autres ; nous verrons plus loin si les raisons de ce choix sont conscientes, et si elles doivent nous satisfaire.

---

fait raisonne sans cesse comme si, dans le problème de l'intérêt *moyen* maximum des membres de cette société, cette hypothèse était la seule à considérer : mais pourquoi, d'un point de vue strictement économique, le problème ne serait-il pas à poser tout aussi bien dans toutes les hypothèses de distribution inégale possible, et un choix à faire, entre ces hypothèses et l'hypothèse d'une distribution égale, uniquement pour des raisons économiques ?

- II -

Éléments universels ou éléments relatifs à des états sociaux déterminés.

Faisons abstraction de cette préoccupation à caractère finaliste incontestable qui domine toute l'œuvre, et considérons dans ce travail ce qui se rapproche d'une économie pure strictement entendue, c'est-à-dire ce qui tendrait à constituer, selon les termes de M. Andler, "une science des conditions économiques qui subsistent indépendamment des variations de l'état social" [5]. Est-il vrai que, conciliant la préoccupation de Rodbertus et celle des économistes psychologues, M. E. retrouve, d'une part, les faits économiques primitifs indépendants de tout régime d'échange, de tout régime de propriété et de répartition, les faits et relations entre les faits qui sont vrais dès qu'il y a des hommes qui essaient de suffire à leurs besoins économiques, et, d'autre part, les besoins simples

---

[5] Ch. Andler, op. cit., p. IV.

auxquels, en dépit de leur variété, se ramènent tous ces besoins, et la loi de variation du besoin (Introduction, même page) ?

L'économie pure de M. E. roule tout entière sur deux notions, terre et travail, et une troisième, la notion de valeur d'usage. Ce sont là, en apparence, notions simples et générales, et M. E. semble ne pas avoir songé qu'il fût nécessaire d'en établir une définition précise. - S'il l'eût fait, il se fût aperçu que, telles qu'il les emploie, telles qu'il en a besoin dans sa construction, elles sont complexes et même confuses, d'une part, et, d'autre part, relatives à un certain état historique, à un certain stade des représentations collectives et ne sont nullement indépendantes de tout état social [6]. Nous retrouvons la notion de terre pour la notion de travail, elle est en fait identifiée avec la notion de peine : mais, outre que celle-ci même est loin d'être simple et générale, et serait probablement remplacée avec avantage par la notion d'effort, cette réduction du travail à la peine, qui ne tient compte ni du travail exercice agréable et devenu normal, de l'activité, ni du travail devoir moral et religieux qui cependant ont joué et jouent encore une râle économique important, ou bien est arbitraire et subjective et par conséquent sans valeur générale de science, ou bien se réfère à une notion de travail qui ne se rencontre sous cette forme précise que dans une certaine

---

[6] *V. Année sociol., X, pp. 518-19* et *522-23 : cette* partie spéciale, pour la raison indiquée, note de la page *82*, n'a pas été reprise ici (N. n.).

classe et une certaine société, à l'idée du travail pour l'ouvrier moderne (et encore ne l'exprime-t-elle pas tout entière) M. E. lui-même y ajoutera ultérieurement d'autres éléments, un élément d'honneur et de déshonneur : la construction basée sur elle est donc tout arbitraire ou tout étroitement relative [7]. - Quant à la notion de valeur d'usage, outre qu'elle apparaît très complexe dans les explications- mêmes de M. E. et combine des éléments divers, eux-mêmes bien mal définis, il est tout à fait arbitraire de lui donner, à titre universel, dans l'économie un rôle qu'en fait elle n'a pas eu, ou n'a pas eu également partout, et que seule donc une certaine conception de ce qui doit être, et non de ce qui est, peut lui attribuer [8].

Avec ces notions premières, cette économie, qu'on nous dit être indépendante de l'état social, a un besoin essentiel, ou en tout cas fait un usage essentiel, d'au moins deux lois, une loi de l'attitude psychologique de l'homme, individu ou société, dans ses démarches économiques, et une loi des relations économiques entre les individus : la première est la loi connue sous le nom de loi de l'utilité limite, loi de décroissance des besoins à mesure qu'ils sont satisfaits, loi dont M. E. reporte

---

[7] Cf. Marshall, The social possibilities of économie chilvary, *Economic Journal*, marsh *1907*, et l'étude de Max Weber, *Die protestantische Ethik un der "Geist" des Kapitalismus*, Arch. f. Sozialwiss., *XX, 1, pp. 1-54, XXI, 1, pp. 1-110 ;* O. Effertz ; op. cit., p. *290* sq.

[8] Cf. *Ivi, pp. 51-54.*

l'honneur à Bernouilli et qu'il appelle d'après ce mathématicien loi *de mensura sortis ; la* seconde est la loi d'échange connue sous le nom de loi de l'offre et de la demande. Ces deux lois sont-elles donc d'une généralité applicable à toute société humaine et fondent-elles une économie théorique générale, antérieure et supérieure à toute étude des phénomènes plus ou moins particuliers effectivement rencontrés dans les champs divers de notre observation positive ? Nous avons déjà plusieurs fois touché à cette question. Nous reprendrons ici nos remarques seulement en quelques mots.

a) Quelle que soit la fortune présente de la première de ces lois, qui en a fait une base généralement acceptée de presque tous les économistes actuels, on peut noter d'abord que, même admise, dès qu'il faut passer d'un besoin à un autre besoin et comparer entre eux des besoins différents, ou bien elle reste purement verbale et tautologique, ou bien elle a besoin d'être complétée par des apports de fait qui indiquent les valeurs comparatives effectivement établies, et il apparaît que ces éléments de fait, sans lesquels on ne peut dépasser le cercle des tautologies, dépendent des états sociaux et des diversités de temps et de milieu. Mais il y a plus. Il y aurait lieu de la ressaisir en elle-même et de la soumettre à une critique rigoureuse, et l'on s'apercevrait, croyons-nous : 1° qu'elle n'est pas d'une vérité générale et même qu'elle est d'une vérité partielle assez limitée ;

2° que, dans les cas mêmes où elle s'applique, elle n'est pas universelle ; 3° que dans certains cas, au contraire, existe une loi inverse, 4° et surtout que le passage de l'application de cette loi dans l'économie individuelle à son application dans une économie collective, même encore peu complexe et peu avancée, n'est pas fait de façon satisfaisante, n'est fait qu'au moyen de pétitions de principes, et que, s'il ne l'est pas autrement, c'est vraisemblablement qu'il ne peut l'être et que, dès qu'on se place dans l'économie d'une société, surtout assez développée, cette loi perd à peu près toute signification. Disons donc, si l'on veut, que cette loi est indépendante de l'état social, mais en ce sens qu'une fois un état social donné elle n'est plus d'utilité pour nous expliquer les phénomènes économiques de cet état social.

b) Venons à la théorie de l'échange *in abstracto* et à la loi de l'offre et de la demande qui en est l'essence. D'abord, ainsi que nous l'avons déjà remarqué, et ainsi du reste qu'il est accordé par certains de théoriciens qui l'emploient, le jeu de l'offre et de la demande ne fixe pas un prix *ab integro* : au mieux, il ne fait que ramener ou que tendre à ramener le prix de marché d'un produit au niveau du prix réel ou de la valeur de ce produit dans un milieu donné : quel que soit le nom qu'on préfère, ce prix réel ou cette valeur exprime une estimation non pas individuelle mais sociale préexistante ; et, tant qu'on n'a pas rendu compte de cette estimation même, on n'a pas expliqué le phénomène à expliquer. Mais pour en rendre compte on voit qu'il n'est pas possible de prétendre se placer en dehors de tout état social. - Ce n'est pas tout. La théorie de l'échange ou du marché contient en elle-même des implications sociales. Elle est si peu indépendante de tout état social qu'au contraire elle suppose un état social tellement avancé et spécial que, même dans nos sociétés contemporaines, où l'évolution économique a produit les milieux les plus développés et les plus spécialisés en ce sens, il ne s'est pas encore trouvé être complètement réalisé. - Non seulement cette théorie suppose : une appropriation préalable, une propriété susceptible d'aliénation, susceptible d'aliénation à la volonté du propriétaire, l'institution du contrat par accord des volontés, et spécialement du contrat d'échange et de vente (et des faits que nous avons eu l'occasion de citer et d'autres qu'on pourrait présenter en nombre montrent dans combien de sociétés, et pour combien de parts de la vie économique, ces diverses conditions font défaut, en totalité ou en partie, et par conséquent combien la théorie qui les implique est précaire et relative). - Mais encore, et ceci a été, je crois, moins remarqué, cette théorie implique, pour arriver à établir quelque chose, une certaine condition économique des échangistes ou au moins de l'un d'entre eux, très particulière et très dépendante d'un certain état social : n'implique-t-elle pas en effet, nécessairement que deux échangistes en présence *aboutissent à conclure* (sinon elle ne mènerait à rien) ? Mais cela est une hypothèse toute gratuite et illégitime, si l'on ne suppose pas que l'un au moins des échangistes est tenu, pour une raison ou pour une autre, d'aboutir, et cette situation ne peut provenir pour lui que d'une certaine condition économique, dépendante d'un lien social déterminé, et plus exactement encore d'un certain état de répartition. Je donne seulement ici un exemple schématique simple : A veut vendre un cheval à 400, B en veut acheter un à 350 : le prix, nous dit-on se fixera entre 350 et 400. Non. Si A n'est pas obligé, pour une raison quelconque, de vendre son cheval et peut attendre, si B n'est pas obligé d'en acheter un, le prix pourra ne pas se fixer du tout, et aucun échange n'être conclu. Et si la théorie signifie seulement que, si l'échange se conclut, le prix se fixera entre 350 et 400, elle n'a plus de portée ; car elle a besoin, pour expliquer quelque chose dans les phénomènes économiques, de supposer *que* l'échange se fera et non pas qu'il ne se fera pas). - Enfin, cette théorie suppose l'existence d'un marché libre, au sens précis et complet où l'ont défini les théoriciens les plus rigoureux de l'école mathématique : or est-il besoin de montrer qu'un tel marché absolument libre n'a vraisemblablement pas encore existé, en aucune société, pour aucun produit ou objet de commerce, que les marchés qui s'en rapprochent le plus, dans les sociétés économiquement les plus avancées, comportent encore des éléments qui ne les rendent pas absolument libres en ce sens, et que justement les marchés les plus courants et les plus directement mêlés à la vie économique journalière, à la satisfaction propre et directe des besoins (par exemple, entre tous, les marchés de main-d'œuvre), en sont fort éloignés, même dans ces sociétés avancées ?

Une doctrine construite sur cette double base a donc une valeur purement hypothétique : supposé que les phénomènes économiques soient les phénomènes d'un marché libre où les transactions sont réglées par l'offre et la demande et l'action des hommes uniquement dirigée par la loi psychologique énoncée de la satisfaction décroissante des besoins, telle et telle chose doivent se passer. Les théoriciens récents, adeptes de cette méthode, ne nient pas ce caractère essentiellement hypothétique et même le mettent explicitement en évidence [9]. Reste donc pour les critiquer : 1° à voir s'ils se tiennent exactement dans leur hypothèse et n'introduisent pas inconsciemment, dans le cours de leurs déductions, d'autres éléments de fait ou d'autres postulats plus ou moins arbitraires, et s'ils tirent de leur hypothèse toutes les déductions possibles, sans choix arbitraire ou *a posteriori* ; et 20 à attendre la confrontation de cette construction avec la réalité économique,

---

[9] Déjà M. Walras définissait l'économie politique pure la théorie de la détermination des prix sous un régime *hypothétique* de libre concurrence absolue *(Économie politique pure, p. XI.*

et à examiner si elle nous en fait comprendre ce que nous voulons et pouvons y comprendre et à quelles conditions. Mais chez M. E. il ne semble pas exister, ou en tout cas il ne se manifeste pas, une conscience nette de cette valeur purement hypothétique de toute sa construction. Il est vrai qu'il se réclame expressément, à diverses reprises, du droit de simplifier et d'abstraire, de négliger un élément qui complique ou qui n'est que secondaire pour suivre d'abord l'élément essentiel et primordial ; et ce procédé est, en effet, en principe tout à fait légitime, mais l'usage en est réglé et limité par la nature même de l'objet étudié et la fin de l'étude qui en est faite : celui qui, voulant expliquer le mouvement d'une locomotive, ferait successivement, pour simplifier l'analyse, abstraction du frottement, abstraction des roues, abstraction de la vapeur, n'arriverait pas finalement à en expliquer grand chose. Sans doute M. E. se flatte de rétablir et réintroduire ultérieurement un à un les éléments qu'il a ainsi écartés d'abord : mais il ne le fait pas toujours pour tous ; et notamment il ne le fait nulle part pour tous ces éléments de la vie économique réelle, dans beaucoup de sociétés humaines, et même dans les sociétés économiquement les plus avancées, dont son étude, par ses postulats conscients et surtout inconscients, fait une abstraction radicale qui exigerait une justification [10].

____

[10] Par exemple, approximation pour la loi de non-transformabilité (p. *84)*,

- III -

Discipline "normative"
et discipline "positive"

A vrai dire, M. E. n'a pas donné cette justification et même n'a peut-être pas songé qu'elle pût être demandée, c'est, je crois, que, comme je l'ai déjà remarqué pour M. Landry, ce qu'il élabore et construit sous le nom de science économique est non pas une étude de l'économie réelle, mais une étude de l'économie véritable : ce n'est pas une discipline positive, mais c'est une discipline normative 11. Avec plus de netteté et d'intrépidité systématique qu'aucun de ses devanciers, M. E. distingue et oppose l'intérêt vrai et l'intérêt putatif des hommes

---

approximation "très large" de la loi, suivant laquelle les biens à quotient travail-terre petit sont les biens de nourriture, et les biens à quotient travail-terre grand les biens de culture, (*pp. 89-90*) ; *théorie* "exagérée" de la distribution entre le capital et le travail (p. *318*) ; *supposition, pour des raisons de simplification,* que le travail productif du capitaliste moyen soit égal à zéro (p. *307*). Où donc M. Effertz rectifie-t-il les résultats obtenus par ces simplifications ?

11 Année sociologique, t. Vlll, pp. 584-586 et ci-dessus, Et. III, sect. IV.

(soit individus, soit sociétés) l'intérêt vrai ce n'est autre chose que ce que M. Effertz juge être tel, ce qu'il lui paraît raisonnable, normal de juger ainsi ; l'intérêt putatif c'est ce que les hommes, les intéressés eux-mêmes jugent être leur intérêt, mais cela ne fait pas question pour M. Effertz : ils ont tort. Sans hésitation, il assigne pour tâche à la science économique de déterminer l'intérêt vrai des hommes ainsi entendu. Si elle étudie l'intérêt putatif, c'est pour en établir l'erreur ; et pas un moment il ne semble lui être venu à l'idée que la science économique aurait peut-être plutôt pour objet premier et essentiel d'étudier l'intérêt des hommes tels qu'ils l'entendent en fait et non pas tel qu'il nous paraît, à M. Effertz, à moi ou à d'autres, qu'ils devraient l'entendre, et qu'avant de déclarer que cet intérêt tel que l'entendent les hommes est une erreur, elle devrait commencer par le comprendre et l'expliquer, et même que c'est là sa tâche propre, sa tâche unique, un jugement sur cette façon d'entendre son intérêt n'étant plus affaire de sciences économique, mais d'éthique [12]. Assurément cette conception de la science économique n'est pas propre à M. E. : elle date de loin dans la discipline économique, et elle a même tellement pénétré dans les habitudes de travail et les directions d'esprit de tous les économistes qu'il est très difficile et très long de s'en

---

[12] Nous disons l'intérêt tel que les hommes l'entendent effectivement, non pas tel qu'ils disent ou croient eux-mêmes l'entendre.

dégager et de s'en défaire. M. E. a le mérite d'avoir pris conscience et donné une formule explicite de cette attitude : "A côté de l'intérêt vrai, il y a l'intérêt putatif. La différence entre l'intérêt vrai et l'intérêt putatif découle des erreurs de l'homme. L'absence d'erreur n'est qu'une coïncidence heureuse. Le cas général est celui d'une différence entre l'intérêt vrai et l'intérêt putatif... L'erreur est infinie... Cependant il y a de nos jours, et il y a eu pendant toute la carrière historique de l'homme, une erreur prédominante qu'il faut connaître sous peine de ne comprendre rien ni à la vie quotidienne, ni à l'histoire : c'est que les individus croient que leur intérêt économique consiste à augmenter leur revenu net en argent" [13]. Voilà un point central et caractéristique, et voilà où le caractère normatif inconscient de toute cette économie se révèle pleinement. Bien que ce soit aller contre le bon sens, je crois pouvoir dire, et je pense avoir l'occasion dans un travail ultérieur de montrer sur un exemple topique, que, s'il y a une erreur ici, et une erreur essentielle qui a pesé et pèse encore sur toute la théorie économique, c'est de tenir cette croyance pour une erreur. Sans pour cela retomber dans cette chrématistique que M. E. écarte avec dédain, la science économique, pour comprendre la vie quotidienne et l'histoire, - je reprends l'expression même de M. E., qui est un précieux aveu, - c'est-à-dire pour accomplir son objet propre,

---

[13] O. Effertz, op. cit., pp. 145-146.

pour connaître et expliquer la réalité économique, et non pas pour déterminer un idéal économique, plus ou moins rationnel, doit cesser de considérer, par une appréciation apriorique et arbitraire qui préjuge de la question même, ce fait, en effet capital, comme une immense et universelle erreur. Et ce faisant elle arrivera effectivement, je crois pouvoir l'affirmer, à s'apercevoir que ce n'en est pas une, même du point de vue où se place la théorie économique traditionnelle, passivement suivie en cela, comme en plus d'un autre point du reste, par M. E. - Mais si cette pierre angulaire de sa construction lui est retirée, on peut voir combien la solidité totale en est compromise [14].

Au fond, je crains que les thèses même originales et propres de M. E. ne soient viciées de ce même caractère normatif fondamental... [15].

---

[14] Ce ne serait pas me répondre sur ce point que d'invoquer les pp. 466-68, où M. E. indique explicitement comme un principe éthique (d'ailleurs, semble-t-il arbitraire) que, dans sa doctrine pratique, les intérêts vrais soient tenus pour supérieurs aux intérêts putatifs, les intérêts définitifs aux provisoires, etc. Car ce que je dis est que cette distinction apriorique, même à titre d'hypothèse donnée pour guide à l'analyse économique, la fausse dans le principe même et, bien loin de l'aider à comprendre la réalité économique, l'en empêche définitivement.

[15] V. le développement de cette critique, Année sociologique, X, pp. 518-521 (N.n.).

- Mais, dira-t-on, ce caractère normatif étant admis, n'est-ce pas non seulement un exercice d'esprit légitime comme tout exercice d'esprit, mais une spéculation théoriquement et pratiquement utile que d'analyser, dans l'hypothèse d'un tel idéal proposé à la vie économique de la société, les différences entre la réalité présente et cet idéal ? – Resterait à montrer que, parce qu'un théoricien aura formulé pour une société un certain idéal économique, et parce que même les individus de cette société auront pu y adhérer avec leur raison, cet idéal aura par là quelque chance d'être réalisé ou réalisable. Si l'on n'a une conception purement "artificialiste" de la vie des sociétés, tout ce travail n'aboutit donc à rien, tant que l'on a pas établi que, dans la société considérée, les transformations indiquées sont *objectivement* probables ou possibles ; la preuve faite que notre œil soit un appareil d'optique fort imparfait n'a conduit personne à essayer de s'en passer ou de le remplacer... Nous croyons, pour notre part, que même une doctrine téléologique de refonte sociale intégrale, comme est le socialisme, peut et doit actuellement se fonder sur les bases positives que fournit à cette heure la science sociologique, et qu'avant de la dépasser, et d'anticiper sur le futur, comme est forcée de le faire une doctrine d'action, il doit rigoureusement établir ce que dans cette anticipation il sait vraiment et ce qu'il ne sait pas et ne fait que postuler.

Cela même mis à part, il nous faut voir que ces doctrines, même une fois admis leurs postulats normatifs, conscients ou inconscients, n'avancent et n'atteignent à quelques résultats qu'en appelant sans cesse au secours de leur déduction et en y incorporant d'autorité des éléments de fait, des propositions positives d'observation sur la réalité économique, qui, par malheur, et notamment dans l'espèce présente, sont loin d'être établies... [16].

Fin

---

[16]   Nous renvoyons pour cette discussion à l'Année sociologique, t. X., pp. 522-527 (N. n.).